보이지 않는 곳에서
애쓰고 있는 너에게

보이지 않는 곳에서 애쓰고 있는 너에게

최대호 산문집

RISE

작가의 말

요즘 어떠세요? 어떤 날은 괜히 더 힘들고, 또 어떤 날은 꽤 괜찮기도 하신가요?

다 그런 것 같아요. 지금 하고 있는 일이, 공부가, 그리고 준비들이 '잘하고 있는 건지' 하는 생각이 든다고 해서 너무 아파하지 마세요. 보이지 않는 곳에서 애쓰면서 조금 더 나에게 맞는 길을 찾아 나아가려는 당신의 노력은 그 어떤 것보다 가치 있는 걸음입니다.

살아간다는 것 자체가 어려운 일이에요. 반복되는 하루에 속해있는 내 모습은 그대로인데 내 주변은 모두 변해가는 것 같고, 작은 계획들조차 내 마음대로 되지 않고, 시간이 흐를수록 해내야 할 것만 늘어나서 무거운 책임감이 주어지는 삶이 저도 복잡했습니다. 저는 그럴 때마다 비교했어요. 타인이 아니라 저 자신과 말이에요. 과거보다 나아졌는지, 작년보다는 더 단단한 사람이 됐는지를. 내가 정한 나의 기준으로 살아가려고 힘쓰다 보니 '삶이 힘든 것만은 아니구나. 나도 내 속도로 분명히 앞으로 나아가고 있구나' 하는 생각이 들었고 스스로 큰 위로가 되었습니다.

이 책에 그런 내용들을 담았습니다. 누군가 보기에 발버둥이라고 여겨졌던 순간이 나에게는 해냄이 되었고, 오히려 내려놓음으로써 많은 것을 얻기도 했습니다. 살아온 과정에서 깨달은 것들, 그리고 앞으로 살아갈 나의 날들에 필요한 마음가짐을 적어 내려간 책입니다. 하나의 글이, 아니면 한 문장이, 어쩌면 한 단어가 당신에게 안정을 줬으면 좋겠습니다. 마음에 드는 페이지가 당신의 오늘을 편히 쉬게 만들어 주거나 다시 일어설 용기를 주면 좋겠습니다.

당신이 행복하게 살아가기를 바랍니다. 분명 살아가는 이유는 행복하기 위함이라는 것을 잘 알고 있는데 행복을 자주 놓쳤거나, 나의 행복이 무엇인지 잘 모르겠는 사람들에게 거창한 길은 아니어도 한 발을 내딛을 수 있는 방향을 알려드리고 싶습니다. 지금까지 그래왔던 것처럼 당신의 삶에 좋은 사람들과 좋은 일들이 많이 생겨날 겁니다. 수많은 어려움을 이겨내고 도착한 오늘입니다. 너무 불안해하지 마세요. 괜찮을 겁니다. 오히려 잘될 겁니다. 이 말을 꼭 전하고 싶었습니다.

이 책이 보이지 않는 곳에서 애쓰고 있는 당신을 가장 가까이서 다독여주는 친구가 되기를 바랍니다.

최대호

|목차|

part__________2.

사람에게 상처받은 너에게

part__________3.

참으며 버티느라 지친 너에게

part_________4.

이제는 행복해질 너에게

1

자존감이 떨어진
너에게

자존감을 채우는 건
지금부터 시작할 수 있다.
이유 없이 나를 사랑해 주자.
조건이 붙지 않는다.
나를 사랑하는 마음이 자존감이다.

에너지

예전에는 누군가가 날 싫어한다고 하면 미움을 받는다는 사실이 두려워서 그 사람들을 설득하고 풀어보려 했는데 이제는 그냥 내버려 둘 수 있게 됐다. 나를 조금이나마 다시 좋아하게 만들려고 애쓰는 시간과 노력은 그 사람들에게 절반도 닿지 않았으며 대부분 허공에 날려버리는 아까운 경험을 했기 때문이다. 이제는 나를 좋아하든 말든 신경을 끄고 애쓰지 않으려고 한다. 이것이 내가 생각한 현명한 방법이다. 더 나아가 최고의 방법은 그 사람의 마음을 돌리는 데 드는 에너지를 나를 더 사랑하는 데 쓰는 것이다. 내가 나를 사랑하는 게 바탕이 되어야 누가 뭐래도 올바르고 좋은 길로 더 오래 걸을 수 있으니까.

남이 잘하는 걸
닮아가려 하지 말고,
네가 잘하는 걸
찾는 시간을 만들어 줘.

허들

우리는 행복을 참 어렵게만 생각한다. 행복은 오랜 준비 끝에 합격을 하거나, 남들이 다 놀랄 만큼 대단한 걸 이뤄내거나 아니면 평소에 하지 못했던 것을 해내야 찾아오는 것은 아닌데 말이다.

작은 일도 내가 알아봐 주면 행복이 될 수 있다. 무슨 일이든 '행복'이라고 이름 붙이면 정말 그렇게 된다는 말이다. 오늘 하루는 행복했어 라고 말하는 사람과 오늘은 그냥 그랬어 라고 말하는 사람이 각자 잠자리에 들 때 기분은 매우 다르다. 그 서로 다른 기분은 다음날까지 이어진다. 오늘을 어떻게 보냈느냐가 내일을 어떤 기분으로 시작할 수 있는지를 정해 주기 때문에 잠들기 전 기분은 아주 중요하다. 둘의 하루가 똑같았다고 가정했을 때 한 사람은 오늘 있었던 수십 가지의 일에 행복이라고 이름 붙였고 다른 사람은 그러지 못한 것이다.

지금까지 행복을 어렵게만 생각했다면 그 허들을 스스로 낮춰보자. 내 삶은 내 기준이니까 허들을 아무리 낮춘다고 해도 문제 될 건 없다. 별것 아닌 일도 행복하다고 생각해 보자. 이런 마음가짐이 습관이 되고, 그 습관은 평소 알아봐 주지 못했던 일상의 행복들을 찾게 해준다. 그리고 결국엔 당신이 준비하고 기대했던 꽤 큰 행복들, 아무것도 하지 않아도 몇 날 며칠을 웃을 수 있게 만드는 인생의 몇 안 되는 행복을 만나게 될 날도 곧 올 거고.

무슨 선택을 했든
너의 선택은 다 옳아.

그러니 선택을 후회하지 말고
과정에만 집중하기로 하자.

과정에 후회가 남는다면
그건 정말 슬픈 일이거든.

남의 시선

나의 일을 도와주는 친한 동생과 커피를 마시고 있을 때였다. 그날이 토요일이었는데 커피 마시고 이야기를 나누며 잘 놀고 있는데 갑자기 동생이 소리를 질렀다. 같이 일했던 친구의 결혼식 날이라는 걸 그때 안 것이다. 결혼식은 이미 다 끝난 시간이었다. 일정을 잊은 건 정말 미안한 일이지만 이미 못 간 건 못 간 거니까 연락이라도 잘 남기고 진심으로 축하해 주면 그걸로 충분할 거라고 말해줬다. 하지만 그 동생은 결혼식에 못 간 것도 당연히 미안하지만, 같이 일했던 사람들은 다 참석했는데 자신만 못 갔다는 게 더 마음에 걸리는 눈치였다. 자기도 꼭 갈 거라고 말했었는데 깜빡해서 못 간 자신을 그 사람들이 한심하게 볼 것 같다고 두려워했다. 그 말을 들은 나는 혼란스러웠다. 지금 누가 봐도 중요한 건 결혼한 사람에게 빨리 축하 연락을 남기는 일인데 같이 일했던 사람들이 본인을 한심하게 볼까 봐 신경 쓰고 있다니 너무 이해되질 않았다. 일단은 그런 거 신경 쓰지 말고 또 너무 미안해하지 말고 축의금도 많이 보내고 축하 연락 남기라고 말했다. 결국 아무 일 없이 잘 해결됐다.

아주 가까운 사이가 아니었기에 결혼식에 오든 안 오든 크게 신경 쓰는 사람은 없었을 거다. 안 오면 일이 있겠거니 했을 것이다. 이 동생과 같이 일을 하고 여러 일을 겪다 보니 남의 눈치를 많이 본다는 특징을 알게 됐다. 사람은 착하고 바르지만 들리지도 않는 남의 의견과 느껴지지도 않는 남들의 시선 때문에 자신의 선택에 확신이 없었고 집중력 있는 모습으로 목표를 향해 앞으로 쭉쭉 나아가지 못하는 아쉬운 점들이 있었다. 그래서인지 '결혼식 사건'을 통해 평소와 다르게 많이 힘들어하고 꽤 긴 시간 우울한 표정으로 있는 게 신경 쓰여서 위로해 주느라 커피를 더 시켰던 기억이 있다.

살다 보면 여러 종류의 사람이 있다. 누구나 단점이 있고 사람은 잘 바뀌지 않는다지만 조금만 다르게 생각해 봤으면 하는 종류의 사람이 '남 눈치를 많이 보는 사람'인 것 같다. 나도 지금보다 더 어릴 적엔 남들의 시선이 두려웠고 눈치를 많이 보았다. 내가 하고 싶은 욕망보다 남들이 어떻게 생각하느냐가 나의 결정에 큰 영향을 끼쳤다. 그런데 어느 시점을 지나면서 남들은 나에게 생각보다 관심이 없다는 걸 깨달았다. 이걸 몸소 느끼고 난 뒤엔 내가 하고 싶은 일이라면 타인의 시선을 신경 쓰지 않고 잘 할 수 있게 됐고 더 재미있는 삶을 살게 됐다.

각자 살기도 바쁜 삶에 남에게 진심으로 온 신경을 쓰는 사람은 없을 것이다. 각자의 삶에만 집중하며 살아가는 게 정상이다. 타인의 시선을 너무 두려워하지 말자. 남의 시선이나 평판이 두려워서 무언가를 포기할 만큼의 나에게 관심을 가지는 사람은 없다. 눈치 볼 거 하나 없고 주눅들 거 없다는 말이다. 이제부터 하고 싶은 거 다 하며 중요한 걸 잃지 말고 살자.

그냥 하고 싶은 대로 하세요.
싫어할 사람은 뭘 해도 싫어할 거고
반대로 좋아할 사람은 계속 좋아할 거니까.

틈

오래가는 사람들의 사이에는 항상 틈이 있다. 어느 한쪽이 지쳐서 흔들릴 때 부딪히지 않을 수 있는 정도의 여유가 있는 작은 틈 말이다.

급속도로 가까워질 때면 모든 걸 알고 싶고 모든 걸 공유하고 싶은 마음이 든다. 그 마음은 애정에서 오는 지극히 정상적인 욕구지만 단순히 순간 함께하는 게 아니라 삶의 일부분을 공유하며 보내기 위해서는 서로를 위한 조금의 거리가 있어야 한다.

너무 모든 걸 공유하게 되면 오히려 빠르게 싫증이 나거나 답답하다는 생각이 조금씩 생겨나게 된다. 나랑 잘 맞고 소중했던 사람과 너무 빠르게 가까워진 탓에 자유로울 수 있는 틈을 잃어버려 그 사람과의 관계가 소원해진 경험이 있는 사람도 있을 것이다.

우리 이제는 그런 실수를 반복하면 안 된다. 좋은 사람은 흔하지 않으니까.

때로는 더 가까워지고 싶은
욕심이 생길 수 있게,
때로는 이런 틈이 있어서
다행이라고 여길 수도 있게,
그렇게 숨이 쉬어지는 사이로 남자.

인생 선배님들께 비할 바는 아니지만 나 역시 나이를 먹을수록 마음을 열고 누군가를 받아들인다는 것이 어려워진다. 과거에는 아는 지인이나 친구, 약속이 많은 게 좋은 건 줄로만 알았는데 지금은 그렇지가 않다. 한번 연이 이어지고 나면 그 사람의 상태에 따라 내가 어떤 태도를 보여야 하는지, 어떻게 챙겨야 하는지, 이런 문제를 생각하는 것만으로도 큰 에너지가 쓰이기 때문이다.

어렸을 때에 비해 일이며 가족이며 신경 쓸 게 훨씬 많아졌다. 이제는 그럴 여력이 없는데 애매한 사이의 사람들에게 그동안 얼마나 많은 에너지를 쓰고 또 노력을 했는지 모른다. 그리고 결국엔 멀어졌다. 몇 년 지나면 잊혀질 사람들에게 너무 많은 시간과 마음을 썼다.

아무리 작은 관계도 신중하게 맺자. 그보다 더 중요한 건 내 옆에 있는 사람을 더 신경 쓰는 것이다. 잘할 필요까지도 없다. 밀어내도 멀어지지 못하고 노력해도 가까워지기 힘든 게 인간관계라고 생각한다. 내 할 일 잘하면서 얼굴 보고 서로 사는 얘기 하는 동안에 최선을 다하자. 그게 내 곁에 있는 사람과 나 스스로도 행복할 수 있는 방법이다.

놀 때는 아무 생각 없이
웃고 떠들고 충분히 쉬고,
또 해야 할 일 앞에서는
집중하고 고민하면서
조금씩 나아지고 있다면
잘하고 있는 거야. 그거면 돼.

진심

너무 좋아하는 말이 하나 있다.

'진심이 통하는 사람.'

특히 '진심'이라는 추상적인 단어와 이미지를 좋아하는데 그만한 매력이 있어서 그렇다. 진심은 엄청나게 노력한다고 되는 것도 아니고 또 적당히 해서도 안 된다. 너무 꾸며도 안 되고 또 너무 대충해도 안 된다. 그 중간이 참 어렵다. 사람과 사람 사이엔 아주 미묘한 선이 있는데 두 사람 모두의 마음이 그 선에 닿으면 그제야 진심이 통하게 된다.

결이 맞는 사람이란 그렇게 어려운 진심이 자주 통하는 사이다. 그런 사람들은 절대 놓치지 않아야 한다.

나를 조금 실망시킨다고 할지라도 너그러이 용서해야 한다. 살면서 매우 찾기 힘든 사람들이고 결국에는 나한테 큰 도움이 될 사람들이다. 특히 심적으로.

남에게 피해주지 않는 선에서의
이기심은 스스로의 마음을
가장 편하게 해주는 방법이다.

조건 없이

진짜 행복은 조건이 붙지 않는다. 좋은 일이 생겨야만 오늘이 행복하고, 내가 그 회사를 합격해야만 행복한 게 아니다. 물론 좋은 일이 있고 합격을 하면 당연히 기쁘겠지만 아주 빠르게 사라지는 행복이라 아쉽다는 말이다.

나의 행복은 날이 좋을 때 피크닉을 가는 것이다. 거창하게 피크닉이라 이름 붙였지만 별것 아니다. 그냥 접이식 의자 두 개와 작은 탁자 그리고 블루투스 스피커를 챙긴다. 그리고 무슨 뷰여도 상관없으니 시야가 탁 트이는 곳으로 가서 의자를 펴고 앉아 있는 게 전부다. 전부터 친구가 이런 피크닉이 좋다고 계속 말해줬지만 난 전혀 할 생각이 없었다. 그러다 우연히 작

년 가을부터 시작했는데 왜 이렇게 늦게 시작했나 하는 생각이 들 정도로 좋다. 좋아하는 음악을 틀고 커피를 마시면서 앉아 있으면 그렇게 좋을 수가 없다. 그 여유를 즐기는 시간에는 어떤 조건도 붙지 않는다. 바랄 게 아무것도 없다. 좋다. 말 그대로 '그냥 다 좋다.'

행복한 삶을 살기 위해서는 조건 없는 행복들이 많아야 한다. 반려동물을 좋아하는 사람은 자신의 반려동물을 볼 때 사랑과 행복이 넘쳐나고 자신이 좋아하는 취미를 할 때 행복을 느끼는 사람은 무언가를 할 때 행복을 느낄 것이다. 지난 기억들을 천천히 되짚어보자. 내가 어떨 때 조건 없이 행복했는지. 과연 어떤 것이 나를 행복하게 만드는지 조금씩 찾아보는 것도 좋다. 나도 당신도 조건 없이 행복한 날이 많기를 빈다. 조건이 붙는 것들은 당신을 오랫동안 행복하게 만들 수는 없으니까.

일단 시작만 해.
셀 수 없이 많은 행운이
너에게로 찾아갈 거야.

나를 아프게 하는 건 놓아 버리세요

너무 지치고 무너져 내릴 때, 그래서 아무것도 하지 못하고 깊은 우울에 빠졌다면 당신을 그렇게 만든 그것이 무엇이든 놓아 버리세요. 누구는 말하죠. 절대 포기하지 말라고. 제 생각은 조금 달라요. 무조건 긴 시간 준비하고 도전한다고 모든 게 다 이루어지지는 않아요. 너무 냉정해 보이지만 현실입니다. 그렇다면 목표로 한 걸 이루지 못한 사람은 더 이상 할 게 없을까요? 또 그것도 아닙니다. 꿈을 이루기 위해서 최선을 다해 본 경험이 있는 사람이라면 그 경험만으로도 큰 자산이 됩니다. 그동안 하나의 목표를 바라보면서 보낸 시간 속에는 얻을 게 많습니다. 긴 시간 동안 모든 노력을 했고 또 넘어져도 다시 일어나며 이미 단단한 사람이 되어 있으니까요. 다른 목표에도 누구보다 잘 할 수 있는 사람이 되어 있는 겁니다. 그 습관과 끈기는 원한다고 해서 한순간에 얻어지는 게 아니거든요.

포기할지 말지 자주 고민해도 됩니다. 건강한 생각입니다. 포기를 해야 할 때가 오면 대신 '좋은 포기'를 해야지요. 할 만큼 했다고 생각이 들면서, 이제 차라리 그만하는 게 더 행복할 것 같다면 그때 포기하면 됩니다. 때로는 계속 노력하는 것보다 오히려 그만두는 게 더 좋은 선택이 될 수도 있으니까요. 포기하는 건 도망치는 게 아니에요. 나를 더 행복하게 만드는 도전을 하는 겁니다.

처음부터 잘하는 사람이 어딨냐.
근데 넌 처음치고 엄청 잘하는 거야.

나를 점검하는 일

친한 친구가 오랜만에 집에 놀러 왔다. 서점에 들렀다 오는 길이라고 했다. 무슨 책을 샀냐고 물어보니 영어 회화책이란다. 그 친구와 너무 어울리지 않는 책이라 많이 웃었다. 친구는 요리를 하는 사람이다. 아르바이트부터 시작해서 지금은 주방장까지 된 친구다. 개인적인 약속에는 자주 늦긴 하지만 일적으로는 부지런하고 열심히 하는 게 눈에 보이는 사람인데 이야기를 해 보니 자기는 항상 자신의 부족함이 두렵다고 했다. 퇴근하고 나서 시간을 허비하며 보내는 것 같고 주변 친구들은 작든 크든 무언가를 계속해 나가는데 자신만 제자리인 것 같다는 고민을 오래해 왔다고 했다. 이 이야기를 듣고 생각해 보니 그 친구랑 만나서 대화할 때마다 자신의 취미인 캠핑을 어떻게 부업으로 발전시킬지, 다른 어떤 걸 해 볼 수 있을지 그리고 시간을 쪼갠다면 어디에 어떻게 쓰는 게 좋을지와 같은 이야기를 많이 나눴었다. 그래서 난 그 친구가 자신의 삶에 대한 고민과 걱정을 많이 하는 친구였구나, 하고 새삼 놀랐었다. 수더분한 스타일로 편하게 살아가는 줄로만 알았는데 새삼 그 친구가 멋져 보였다. 동기부여가 될 만큼.

난 그렇게 생각한다. 지금 자신의 모습을 자주 점검하는 것만으로도 잘하고 있는 거라고. 직접적인 행동으로 옮기는 게 현재 환경 때문에 조금 늦거나 실천력이 부족해서 당장 움직이지 못하더라도 변화를 위한 고민이 많은 발전을 가져다준다고 믿는다. 행동하기 전에 계획을 먼저 세워야 하는데 그것만 갖추어졌다면 행동은 언제라도 따라오게 돼 있다. 사는 건 누구나 바쁘고 누구나 쉽지 않다. 그 와중에도 과거의 후회를 돌이키기 위해서 혹은 부러운 사람을 닮기 위해서 아니면 어떤 동기로 인해 시작을 했든 나를 위한 건강한 고민을 자주 하는 건 그 자체로 더할 나위 없이 잘하고 있는 것이다. 더 나은 내가 되기 위해 채찍질하라는 게 아니다. 작은 것부터 편하게 시작해 보자. 내가 되고 싶은 모습을 자주 떠올리면 그 모습과 내 모습이 점점 닮아간다.

하기로 마음먹었으면
당장 지금부터 시작해라.
시간과 마음을 쏟는다면
좋은 결과 말고는 올 것이 없다.

화의 총량

몇 년 된 일이다. 그날은 친구 차를 타고 맛있는 커피를 마시러 가는 길이었다. 그 차에는 커피를 좋아하는 남자 3명이 있었다. 나까지 3명이었는데 아주 가까운 친구들이라 가는 길마저도 재밌었다. 서로 시간이 잘 맞지 않아서 오랜만에 만난 탓에 이런저런 이야기를 하고 있었다. A 친구가 내 안부를 물었고 나는 나름의 방법으로 잘해 나가고 있다고 답했다. 글 쓰는 거 힘들지 않냐고 강연은 할 만하냐는 이야기를 했던 것 같다. 그런데 갑자기 친구 B가 말을 툭 던졌다. "대호가 쓰는 게 글이냐? 낙서지"라고 말이다. 너무 놀라서 표정 관리가 안 됐다. 난 원래 직설적이고 솔직한 성격인데 그 자리에서는 다른 말이 나오지 않아 그냥 웃

어넘겼다. 너무 큰 충격이기에 오히려 할 말을 잃었다. 집에 와서 다시 그 말을 곱씹어 보니 너무 화가 났다. '애가 날 평소에 이렇게 생각하나?', '그냥 장난으로 한 말인가?', '아니지, 평소 내 글을 보면서 비웃었으니까 그런 말까지 나온 거겠지', '내가 왜 무시를 당해야 되지?'라는 오만 가지 생각이 들었다.

무려 몇 달 동안 그 말이 생각날 때마다 화가 났다. 당연히 내 글이 취향이 아닌 사람도 많겠지만 10년 된 친한 친구에게서 그런 말을 들을 줄은 몰랐다. 그 후로도 문뜩문뜩 그 말이 생각나며, 떠오를 때마다 내 기분은 무너졌다. 어김없이 매번 그랬다. 이대로는 안 되겠다 싶었다. 마치 꿈에서 차에 치여서 치료를 받았는데 같은 차에게 다시 치이고, 회복하고 다시 치이고 계속 이런 상황이 반복되는 기분이었다.

난 그 문제를 대면하기로 했다. 그 말이 떠오를 때마다 조금씩 아파하고 다시 숨겨 놓는 게 아니라 똑바로 마주 보고 화낼 부분은 화 내버리기로 한 것이다. 아무리 생각해도 안 좋은 말이 맞았다. 그래서 이제 덮어두지 않고 끝내야겠다고 생각했다. 아무리 흥분한 사람도 시간이 지나면 이성을 찾듯이 어느 정도 안정을 찾은 후에 친구에게 연락해 만나기로 했다. B에게 네가 이렇게 말한 게 마음 아팠다며 그동안 느낀 감정을 다 말했다. 오랫동안 정리가 안 돼서 답답하고 꺼내볼 때마다 힘든 시간을 보냈다고 말이다. B는 정말 미안하다고 말했다. 자신의 잘못이라고 했다. 혹시 자신의 말투 때문에 다른 상처는 없었냐고 물었고 또 자신이 다른 주변 사람에게 아픔을 주지 않았을까 생각해보는 기회가 된다고 했다. 나도 내 감정을 충분히 전달하기도 했고 사과도 들었으니 제법 후련해졌다. 그 후로 다시 그 대화를 떠올려도 더 이상 아프지 않았다.

내 문제는 상처받은 그 말을 모른 척하고 넣어두려고 했던 것이다. 그냥 친구니까, 지나가는 말로 했을 거니까 아니면 내가 확대 해석할 수도 있는 거니까, 온갖 이유를 들며 억지로 잊으려고 했다. 그런데 그 말은 절대 잊히지 않았고 오히려 계속 나를 괴롭히는 말이 됐다. 몇 달을 방치한 잘못이 있다. 에너지의 총량이 있다고 한다. 화에도 총량이 있다. 100의 화를 내고 친구와 풀면 됐던 건데 매일매일 1의 화만 내고 있었다. 한 번

화내고 대화로 풀면 되는 걸 무려 100번을 괴로워할 뻔했다. 문제를 만든 사람의 잘잘못을 떠나서 내 삶이 힘들어지는 잘못된 방법이었다.

살면서 억울하고 화나는 일이 생길 수밖에 없다. 그럴 때 대충 넘어가는 건 나에게 못 할 짓을 하는 것이다. 내가 부족해서, 그런 말을 들을 만해서, 아니면 단순한 오해기 때문에 그런 일이 생기는 게 절대로 아니다. 그 누구도 상처를 원치 않는다. 하지만 생각이 다르고 표현이 다른 다수의 사람이 부대끼며 살아야 하는 사회기 때문에 어쩔 수 없이 문제가 생길 수밖에 없다. 당신 잘못이 아니다. 가장 중요한 건 해결 방법이다. 내 기분을 무시하고 덮어두려고 하지 말자. 똑바로 상황을 보고 해결해 나가자. 해결해야만 괜찮아진다. 오랫동안 아프고 난 뒤 감정이 무뎌지는 건 결코 해결된 게 아니다. 난 당신의 상처가 말끔히 나았으면 좋겠다. 잘 아물지 못해서 흉진 채로 있는 거 말고.

어떤 말은 향기를 품고 있고
어떤 말은 날카롭게 다가와
마음에 상처만 남기기도 한다.
유난히 힘들었던 날에
누군가 향기 있는 말을 남기면
얼마나 큰 위로가 됐던지.
'어떤 것이든 할 수 있겠다'라는
마음까지 들곤 했다.

반대로 살지 마

할 일이 있을 때 미리미리 하는 사람과 미루고 미루다 마지막에 하는 사람이 있다. 미리 하는 사람들은 더할 나위 없지만, 끝까지 미루는 사람도 마감 전날에 밤을 새우든 어떻게 하든 마무리는 한다.

이런 개인적인 방법의 차이 중 어떤 게 더 나은가의 문제를 이야기하고 싶은 게 아니다. 우리에게는 언제까지 뭘 하지 않아도 되는 소위 '할 일 없는 날들'이 가끔은 주어진다. 그런 날이 온다면 그 소중한 시간을 온전히 충전하는 데 보내야 한다. 하지만 나뿐만 아니라 많은 사람이 평소에는 운동도 안 하고 자기계발도 안 하며, 할 일은 미루고 게으르게 지내다가 완전 충전을 할 수 있는 여유의 날들이 오면 그때야 갑자기 바

뿐 사람이 되고 싶어 한다. 청개구리 같은 심보로 그러는 건지 여유가 생기니 이성적인 생각을 할 수 있게 되면서 정신을 차리게 되는 건지 모르겠지만 이상하게 이렇게 된다.

하다못해 핸드폰 충전을 할 때도 충전기 꽂아 놓고 계속 유튜브를 보면 30분 걸릴 충전이 한 시간이 걸린다. 충전시킬 때는 충전만 시키자. 바쁠 때 바빠야 하고 쉴 땐 아무 걱정 없이 여유를 가지면 좋겠다. 당신과 내가 쉴 때 제대로 쉴 줄 아는 사람이 되길 바라며.

실수해도 괜찮다.
무너지지만 않는다면
당신에게 기회는 계속 온다.

2

사람에게 상처 받은 너에게

지나가는 말에 상처가 생겼다면
마음이 통하고 서로를 잘 아는 사람들과
마음 편안한 시간을 가지면 된다.
당신을 아프게 하는 말은
가치가 하나도 없는 말이다.

신호

과거에 대한 후회나 현재 나의 나태함을 돌아보는 것이나 내가 부족하다는 생각이 드는 건 스스로를 미워하라고 그러는 게 아니다. 이제부터 행동하라는 신호다. 유한하지만 꽤 많은 시간이 남아 있고, 지금부터 행동한다면 아주 아주 적게 봐도 상상 속의 당신을 50%는 닮아갈 수 있다. 당신이 꿈꾸는 상상 속의 모습이 그 어떤 모습이어도 말이다.

남 인생 신경쓰는 건
내 인생 허비하는 일.

불안하세요?

한 시간 정도의 강연이 끝나면 항상 오신 분들에게 질의응답의 시간을 가진다. 수많은 종류의 질문들을 해주시지만 "삶이 불안하지 않냐"라는 질문을 많이 받는다. 구체적으로 설명하자면 작가는 고정된 수입이 있는 것도 아니고 언제까지 글을 쓸 수 있을지 또 언제까지 사람들이 글을 봐줄지 모르는데 불안하지 않냐는 내용이다.

'나도 자주 불안하다.'

그냥 불안한 것도 아니고 엄청나게 불안하다. 때로는 우울하고 미칠 지경이다. 질문 그대로 고정된 수입도 없고 언제까지 할 수 있을지도 모른다. 나 역시 너무 평범한 사람인지라 겁이 난다. 하지만 불안에 떨고 있을 수만은 없다. 불안을 떨쳐내는 방법은 두 가지가 있다.

첫 번째는 불안하다고 생각하지 않는 것이다. 마음가짐을 말하는 것이다. 나는 당장 5분 안에 내 기분을 망칠 수 있다. 당장 일을 못 하게 되면 어떡하지? 이 책을 사람들이 읽어 주지 않으면 어떡하지? 각종 걱정을 하기 시작하기만 하면 된다. 금세 세상 무너진 것 같은 기분을 느낄 수 있게 된다. 하지만 난 나를 그렇게 만들지 않는다. 걱정은 극단적이다. 하면 할수록 희망 같은 건 보이지도 않고 낭떠러지로 스스로를 떨어트려 버리기 때문이다. 불안 요소만 생각하면 나는 한없이 작아지지만 반대로 희망의 근거들만 떠올리면 또 꽤 해 볼 만한 인생이 된다. 모든 사람이 희망적인 생각만 가득 채워 살면 좋겠지만 우리는 스스로에게 너그럽지 못하고 앞으로 가는 데 있어서 걸림돌이 될 만한 것과 결과를 내지 못한 내 모습만 크게 보기 때문에 쉽지가 않다.

미래를 생각하면 당연히 불안하기만 하다. 아무도 알 수 없기 때문이다. 보통, 사람은 눈으로 확인되지 않는 것은 위험하거나 좋지 못하다고 생각한다. 그래서 '잘될 거야. 잘할 수 있어'라는 생각이 자주 필요하고 주변에서 많이 들으면 들을수록 힘을 낼 수 있게 된다. 내가 긍정적이기 때문에 나를 궁지로 몰지 않는다. 좋은 미래가 올 거라고 생각하지 않으면 행복하게 살아갈 수가 없기 때문에 지금까지 해 온 것처럼 잘할 수 있을 거라고 계속 주문을 걸어야 한다. 스스로 '내 삶이 너무 불안해'라고 생각하는 순간, 정말로 불안한 사람이 돼 버린다.

두 번째는 실력을 쌓고 준비를 하는 것이다. 나에게 불안하지 않냐는 질문이 들어오면 이렇게 답한다.

"당연히 불안합니다. 당장 다음 달에 강연이 들어오지 않고 일이 없다면 생활을 못 할 수도 있거든요. 그게 한 달이 아니라 수개월 그런 상황이 지속된다면 생각하기도 싫을 만큼 끔찍합니다. 하지만 그런 일이 생길까 봐 떨고 있을 수만은 없어요. 미래가 불안하면 불안할수록 제가 할 수 있는 노력은 단 한 가지입니다. 오늘을 잘 보내는 거예요. 지금 이 강연을 잘 마치고 여러분에게 만족감을 드리는 것밖에 없지요. 오늘 저의 할 일을 잘 마쳤다면 내일까지는 괜찮을 거예요. 그걸 계속 이어나가는 겁니다. 좋은 오늘을 보내면 좋은 내일이 오고, 좋은 내일을 보내면 좋은 내일모레가 오는 것 정도는 알거든요. 그 정도가 우리에게 보이는 미래의 범위예요. 이걸 365번 반복하면 좋은 1년 보낼 수 있게 되는 거고요."

실제로 그렇다. 너무 유명해서 한 달에 50개씩 강연을 하는 강연자도 이런저런 핑계를 대면서 몇 번의 강연을 대충 하게 되면 당장은 티가 나지 않더라도 하나둘 강연이 끊기게 된다. 반대로 한 달에 강연을 한 개밖에 못 하는 사람의 강연이 너무 좋고 청중의 반응 또한 좋으면 알게 모르게 섭외는 늘어나게 되는 것이다. 강연자 말고 직장인으로 예를 들어도 내용은 같다. 내가 이 작은 회사에서 언제까지 다닐 수 있게 될지, 또 이직하고 싶은데 방법과 기회가 없어서 걱정이 많다면, 그걸 해결할 수 있는 건 당신의 하루하루에 집중하는 일이다. 당신이 할 일을 척척 해내고 노하우가 생겨서 담당자에게 인정을 받게 되면 기회는 온다. 추천을 통한 이직의 기회나 스스로 쌓인 실력을 갖추고 이직을 알아볼 수 있게 되는 것이다. 한 번에 대기업으로 갈 수는 없을지라도 한 계단 한 계단씩 더 규모가 있고 더 능력 있는 사람들이 모인 곳으로 가게 된다.

같은 상황의 두 사람이 있다면 불안에 떨고만 있는 사람과 오늘에 집중하며 실력과 평판을 쌓아가는 사람의 미래는 확연히 다르다. 세상에 불안하지 않은 사람은 없지만, 먼저 생기지도 않은 미래의 불안을 오늘로 끌고 오지 않는 것, 그리고 미래가 불안할수록 오늘에 집중하는 것 그 두 가지만 기억하면 된다. 그뿐이다. 긴 시간 실력이 쌓인 사람에게는 자신이 싫다고 해도 좋은 일이 알아서 따라 온다.

알고 보면 참 여린 사람인데
어떻게 그렇게 강하게만 살았니.

기술보다 진심

말을 잘하지 못해도
예쁜 말은 잘할 수가 있다.

투박한 표현이어도
진심이 가득 담겨 있는 응원이나

길게 말하지 않더라도
애정이 묻어나는 말이라면
그걸로 충분하다.

예쁜 말은
기술이 아니라 진심이 중요한 거라서.

뒤에서 남 얘기하는 사람들
신경 쓸 필요가 없어요.

자기 인생이 재미없으면
제일 먼저 시작하는 게
부러운 사람 얘기하는 거래요.

주인공

영화나 드라마를 보면 주인공에게만 유독 힘든 일이 생긴다. 그렇지만 포기하지 않고 그 일을 해결하기 위한 노력을 하며 조금씩 이뤄갈 때마다 성장하고 좋은 주변 사람들을 얻게 된다. 결국 주인공은 행복해지고 원하는 삶을 살아가게 된다.

당신은 주인공이다. 세상의 주인공은 아닐지라도 최소한 내 삶의 주인공은 맞다. 당연히 힘든 일도 존재하고, 왜 나에게만 이런 일이 생길까 하는 억울함도 삶 곳곳에 존재한다. 불안감은 멀리 치워버리며 어떻게든 살아가려고 노력한다. 불과 작년이나 6개월 전의 내 모습을 떠올려보면 알게 모르게 생각의 폭이 넓어져 있고 단단해진 모습에 스스로 대견하게 생각될 때도 있다. 이 또한 큰 성장이다. 여러 드라마 속 주인공처럼 이겨낼 수 있는 어려움이 주어지며 우리는 같은 실수를 반복하지 않으려고 고민하며 조심성 있게 나아간다. 압축해서 '좋은 사람'이 만들어져 간다.

그렇다면 주인공은 어떻게 살아갈까. 장르마다 다르겠지만 가장 중요한 건 '자신감'이다. 아무리 상황이 복잡하고 어려워도 해낼 수 있다는 자신감으로 살아간다. 단순한 능력치만 본다면 조연들이 더 뛰어난 설정도 많지만 빠른 길이 아니라 옳은 길로 가며, 늦더라도 정직하고 겸손하게 살아간다. 스스로 삶의 주인공이라고 생각하며 살아가는 나는 주인공보다 능력도 더 뛰어나고 환경도 훨씬 좋은 조연들을 보며 내 상황 같다고 생각할 때가 많았다. 나보다 잘난 사람은 셀 수도 없이 많다. 하지만 지금 가진 것, 이룬 것을 제외하고 주인공은 주인공만의 매력과 능력이 있다. 대단한 걸 이뤄내고 남에게 인정받는 게 목표가 아니라 스스로가 정한 행복을 향해 나아가는 모습이 있어야 진정한 주인공이다. 그래서 멋지고 그래서 주인공이다.

당신도 스스로를 삶의 주인공이라고 생각한다면

알아야 할 게 두 가지가 있다. 첫 번째는 당신 삶은 무조건 해피엔딩이라는 것이고 두 번째는 당신이 목표한 곳으로 가는 데 반드시 어려움이 존재한다는 것이다. 너무 힘들고 답답해도 우리는 살아간다. 좋은 날도 있고 그렇지 않은 날도 있다. 그렇지만 살아간다는 것만으로도 잘하고 있는 것이다. 남에게 인정받기 위해 살아가지 않으면 더 좋고 남과 비교하지 않고 살아가면 더욱더 좋다. 날이 갈수록 단단해지고 때로는 뻔뻔해지며 내 앞에 닥친 어려움을 이겨내려는 노력만으로도 우리는 행복이라는 최종 목적지로 잘 가고 있는 게 아닐까.

당신은 주인공이라서 뭐든지 할 수 있다. 그리고 무조건 해피엔딩이다.

너에게 대하는 온도가
한결같은 사람을 만나.

좋을 때만 뜨거워지고
기분 나쁘면 싸늘해지는
그런 사람 말고.

메모

나는 메모를 참 많이 한다. 영화를 보다가, 음악을 듣다가 또 누군가와 이야기를 나누다가 어떤 감정이나 생각이 떠오르면 즉시 메모를 한다. 당장 적어 놓지 않으면 마치 기체인 것마냥 형체도 없이 사라져버린다. 귀찮거나 때로는 상황이 허락하지 않아서 메모를 바로 하지 못한 적도 많은데 너무 아까운 순간의 감정들은 다 사라져 버렸다. 그래서 더더욱 무언가가 떠오른 그 순간 바로 메모를 하려고 한다.

1년 전의 당신과 6개월 전의 당신과 그리고 어제의 당신 또 지금의 당신은 같지 않다. 1년 전에 나로서는 도저히 이해되지 않았던 것이 지금은 이해가 되기도 한다. 6개월 전에는 꿈이었던 것이 지금은 내가 매일 하고 있는 것이 될 수도 있고 어제는 우울하고 모든 것을 포기하고 싶었던 마음이 들었을지라도 지금은 다시 잘 해내고 싶을 수도 있다.

나는 직업 특성상 글을 쓰기 위해 메모하고 순간의 내 생각에 집중하는 것이지만 당신은 당신의 방법으로 적용시킬 수 있다. 갑자기 떠오르는 좋은 생각들, 후회되는 과거이지만 반복하고 싶지 않다고 다짐하는 마음들 그리고 지금부터 뭔가를 해보겠다고 마음먹은 일까지 모두 기록하기 좋은 이야기들이다. 나는 그 좋은 생각을 글로 쓰고, 당신은 당신을 살아가게 하는 연료로 쓰면 된다.

오늘이 당신에게는 수없이 지나간 평범한 날들과 같다고 생각될 수 있다. 하지만 그 하루들이 쌓이고 쌓여 과거보다 훨씬 생각이 넓어졌고 과거와 비교해 봐도 많이 성장한 지금의 우리를 만들었다고 믿는다. 지나간 날들이 모두 같았다면 나에게 깨달음을 주지 않았을 것이고 몇 년 전의 나와 지금의 나의 생각은 같았을 것이다. 하지만 그렇지 않은 걸 보니 일상은 평범하지 않고 절대 같지도 않나 보다.

오늘은 살아가며 아주 작지만 특별한 일이 있거나 내 심경의 변화가 있을 때 메모해 보자. 오로지 기억에 의존하려고 하면 결국 다 날아가 버린다. 글씨로 써서 메모를 남기면 자주 확인해 볼 수 있다. 다짐을 남기고 변하려고 노력한다면 당신의 일과 삶, 그 모든 게 좋아지게 돼 있다.

힘들면 힘내지 말고
나한테 기대고 있어.

내 힘을 너 줄게.

안목

지금까지 당신과 연이 닿은 사람 중에서 같이 있어도 마음이 편하지 않고 당신에게 무례하게 행동하며 행복보다는 아픔만 주는, 그런 좋지 못한 사람들을 만나왔다면 당신이 똑같은 사람이거나 인복이 없어서 그런 건 아닐 겁니다.

그런 이유보다는 만남에 신중하지 못한 게 훨씬 더 큽니다. 처음부터 자신을 다 드러내는 사람은 없듯이 처음엔 당연히 조심스럽고 정중하게 행동합니다. 그 한두 번의 모습을 너무 믿어버리지 말고 시간을 두고 다양한 것을 함께하면서 여러 모습과 생각을 확인하는 게 필요합니다. 처음에는 자신의 장점과 매력만 내어놓기 때문에 조금만 통하는 게 있어도 호감을 사기가 쉽습니다. 급하게 생각하지 마세요. 말하지 않아도 서로의 가치를 알아볼 줄 알고 생각이 통하는 사람이라면 천천히 알아가도 됩니다. 그건 늦는 게 아니라 깊어지는 중이니까요.

처음부터 사람 보는 눈이 있는 사람은 없습니다. 그건 여유로운 마음과 함께하는 시간만이 알려주는 겁니다. 서로를 알아가는 시간은 당신에게 큰 상처를 입힐 사람인지, 믿음을 쌓아가기 어려운 사람들인지, 구별하는 안목을 만들어 줄 것입니다. 그 과정을 통해 진짜 행복이 뭔지, 당신이 얼마나 사랑받아 마땅한 사람인지 알 수 있는 시간이 올 거고요.

좋아하는 게 같으면
반가운데
싫어하는 게 같으면
감사하더라.

티

어렸을 때와 지금의 나를 비교해 보면 얼마나 많은 생각이 달라졌는지를 알 수 있다. 그중에 가장 큰 것은 연락과 관심은 비례하지 않다는 생각이다. 20대 중반까지만 해도 연락은 관심의 가장 큰 표현이며 연락이 잦은 사이여야만 가까운 사이라고 생각했다. 그래서 내가 좋아하는 친구에게는 더 많은 연락을 요구하기도 했고 연락 때문에 스트레스도 받았었다. 30대 중반인 지금은 전혀 그렇지 않다. 나와 주변인들은 가장 바쁜 시기를 보내고 있다. 일도 가장 많이 할 시기이고 삶의 변화도 가장 큰 상황이다 보니 남의 생각보다는 내 주관이 뚜렷해지고 나에게 집중하는 마음이 자연스럽게 더 커졌다. 그러면서 느끼는 게 많아졌다.

그런 말이 있다. 오랜만에 봐도 어제 본 사람 같다는 말. 연락보다는 이런 기분이 드는 게 훨씬 중요하다. 아무리 자주 연락을 해도 내 사람 같지 않은 느낌이 있고 1년에 한 번만 봐도 좋은 사람이 있듯이 사람 사이에 어쩔 수 없이 통하는 무언가가 있다. 주변에 이런 이야기를 해 봐도 그런 마음이 통하는 사람은 채 다섯 명이 안 된다고 하더라. '좋은 친구 세 명이면 그 인생은 성공한 거다'라는 옛말이 정말 맞다.

남의 평가나 연락보다 중요한 건 내가 어떻게 자리하고 있는가이다. 내가 어디에 어떻게 서 있는지에 집중하자. 내가 어떤 사람이 되어 가는지를 확인하자. 정말 좋은 사람은 굳이 자랑하지 않아도 다 안다. 자연스럽게 그런 티가 나니까 말이다.

사랑하고 사랑받아.
넌 사랑을 했는데
상처만 받는 건
이제 그만하고.

결정

나는 보통 사람에 비해 결정을 잘하는 편이다. 저녁 메뉴를 고르는 사소한 것부터 내 삶의 목표와 관련된 것까지 잘 결정한다. 하지만 때로는 후회도 남는다. 시간이 지나고 나서 내가 정했던 답보다 다른 선택이 더 좋았거나 천천히 제3의 선택지를 만들어볼 걸 하는 생각이 들 때도 있다. 그런 아쉬움이 남았던 이유는 아마도 이것 때문이지 않을까. '나에게 여유가 없었구나' 하는 마음.

우리 삶은 선택의 연속이라고 한다. 하루에도 수십 번의 선택을 한다. 모든 선택이 옳을 수는 없지만, 최소한의 후회만 남기며 살아가는 게 가장 좋다. 때로는 빠르게 결정해야 하는 일도 있고, 천천히 결정해야 하는 일도 있다. 어쩔 수 없이 바로 선택해야 하는 일은 비교적 가벼운 것이니 선택 후에 너무 깊게 생각하지 않는 것이 좋겠다. 천천히 결정해야 하는 일에 대해서는 조금의 시간을 갖자. 계속 생각하는 건 불안한 상상만 커질 뿐, 나에게 진짜 도움은 되지 않는다. 산책하고 좋아하는 음악을 들으며 마음에 여유가 생겨서 기분과 생각이 잔잔해질 때, 그런 충분한 여유가 생겼을 때 당신에게 가장 좋은 답이 나온다.

당신의 자존감과 체력,
그리고 할 수 있다는 용기를
사라지게 하는 상황에 있다면
잠시 멈추고 괜찮아질 시간을 주세요.

어떤 후회

"해야 할까? 하지 않아야 할까?"

보통 어떤 일을 시작할 때 가장 어려운 것이 '최종 결정'인 것 같다. 가끔 주변에서는 그런다. 그냥 해 보라고. 그런데 그렇게 말처럼 쉬운 일은 아니다. 시작부터 끝까지 어떤 변수들이 생길지도 모르고 지금의 결정을 훗날 원망했던 경험도 많다. 최종 결정을 망설이게 하는 가장 큰 원인을 한 단어로 줄이면 '후회' 아닐까.

후회는 무섭다. 그런데 더 무서운 건 해도 후회하고 안 해도 후회한다는 데 있다. 선택의 여지가 없다. 결국 후회는 어떤 식으로든 찾아온다는 사실이 참 무섭고 답답하다. 무언가를 하고 싶다는 열망이 생기지 않아야 그런 일이 없을 텐데 살다 보면 하고 싶은 일이 자연스럽게 생길 수밖에 없다. 지난 시간을 돌아보면 나한테 후회는 무언가를 하지 않았을 때 훨씬 더 크게 느껴졌다. 중고등학교 때 공부 좀 할걸, 휴학했을 때 토익 점수를 만들어 놓을걸 등등 셀 수도 없이 많기만 하다.

물론 무언가를 했기 때문에 후회한 적도 당연히 있다. 몇 년 전엔 무턱대고 프랑스어를 배우고 싶다는 생각을 하고 있다가 에라 모르겠다 하며 강남에 초급반을 등록했다. 처음엔 재미있었지만, 기본적으로 너무 어려웠고, 강남까지 학원을 가는 거리가 너무 멀었으며 막상 배우다 보니 목적의식이 사라졌다. 자기 합리화가 시작된 것이다. '내가 프랑스를 얼마나 간다고 프랑스어까지 배워?'라고 하면서 말이다. 그 어려운 '결정'은 잘했으나 초급 코스만 하고 그만둬 버리니 남는 게 없었고 비용이며 시간이며 쓸 대로 다 썼다.

만약 내가 미루고 미루다 프랑스어 학원을 안 갔다면 어땠을까? 분명 그때는 의지도 없다며 나를 자책했을 것이다. 그렇게 배우고 싶은 게 있으면서 그 정도 시간과 돈도 못 쓰냐고 한심하게 스스로를 탓했을 것이다. 해도 후회가 남고, 안 해도 남는다. 그런데 안 했을 때는 후회만 남고 일단 시작을 하면 후회와 '경험'이 남는다. 누군가에게 경험은 인생을 바꿀 수 있는 기회가 되고, 누군가에게는 삶을 넓게 볼 줄 아는 무기가 될 정도로 중요한 부분이다. 다 잃었든 뭐가 남았든 그 사람은 최소한 "나 저거 해 봤어"라고 말할 수 있는 사람이 된다.

나는 후회도 하고 학원비는 잃고 시간도 썼지만 최소한 인사말은 남았다.

"봉쥬르~ 트레비앙~ 오흐브아!"

좋은 사람에게는
친절한 말이 있고,
건강한 생각이 있으며
상대방이 누구든지
변하지 않는 태도가 있다.

골든 타임

골든 타임이라는 말이 있다. 사고 발생 후 환자의 생사와 이어진 중요한 치료가 이루어져야 하는 최소한의 시간을 말한다. 골든 타임을 놓치면 살릴 수 있던 사람도 사망에 이르거나 영구적 장애를 얻을 수 있다. 이처럼 아주 짧게 주어지는 가장 중요한 시간을 말한다. 일반적으로 사고에 관해 쓰이는 말이지만 인간관계에서도 골든 타임이 있다.

미안한 일에 바로 사과하는 것, 고마운 일에 바로 감사를 표하는 것 그리고 보고 싶은 사람에게 자주 안부를 묻는 일이다. 기분을 상하게 했던 작은 일에 대수롭지 않다는 이유로 그냥 넘어가면 처음엔 정말 작은 일이었지만 골든 타임을 놓치면 돌이킬 수 없는 사이가 된다. 고마운 일에도 감사 인사를 할 시간을 놓치거나 나중에 그 사람이 도움이 필요할 때 내 시간을 내주지 않았다면 당신에게 호의를 베풀었던 그 사람은 다시는 당신에게 긍정적인 행동을 하지 않을 수도 있다. 보고 싶은 사람에게 마음을 표현하는 것도 생각났을 때 바로 연락한다면 둘 사이의 감정이 살아나고 서로의 소중함과 고마움을 느낄 수 있게 되지만, 골든 타임이 지난 뒤엔 '갑자기 왜 이러지?'라는 마음이 드는 게 사람이다.

사고와는 다르게 당신에게 소중한 사람일수록 다행히도 골든 타임은 길다. 당신이 자주 마음을 보여줬기 때문에 두터운 믿음이 있다. 그렇다고 해서 영원한 것은 아니다.

관계의 골든 타임이 지나기 전에 미안하다고, 고맙다고 그리고 보고 싶다고 꼭 전하길 바란다.

'지금 한다면 더 좋고.'

한쪽만 노력하거나
한쪽만 이해하는 사이는
결국 틀어지게 되어 있다.

바뀌려고 노력하는 마음과
기다려주는 마음이 균형이 맞을 때
그 사이는 평생 가게 된다.

반복되는 일상에 지쳐서
아니면 제자리걸음인 것 같은 내 모습 때문에
지금 스스로의 모습이 빛나 보이지 않는다고 생각할 수도 있다.

하지만 그건 사실이 아니다.
당신은 안개 자욱한 여러 갈래의 길에서
나의 길을 찾아 앞으로 나아가고 있으며

살면서 커다란 걸림돌이 나타나면
조금 더 시간이 걸리더라도
길을 돌아서 가는 방법도 터득했고,

비바람이 몰아치는 것같이 안 좋은 일이 쌓일 때면 잠시 평온한 곳에서 쉴 줄도 아는 그런 사람이 되었다.

그래서 박수받아야 마땅하다.

꼭 남들이 알아줄 만큼 화려한 것만이 빛나는 것이 아니다.

부족한 것을 걷어내고

할 수 있었던 것이 잘하는 것이 될 때,

세상에는 없던 당신의 색으로 빛이 나는 것이다.

보이지 않는 곳에서 애쓰고 있는 '우리들'에게 위로를 보낸다.

보이지 않는 곳에서 애쓰고 있는 '우리들'에게 마음을 보낸다.

사람은 붙잡는 거 아니더라.
사람은 변하는 거 아니더라.
사람은 끼리끼리 만나더라.

관계로부터

좋은 관계로 지내는 사람이
많으면 많을수록 단단한 사람이 된다.

관계라는 것이 이루어지려면
두 사람이 같은 마음이어야 한다.
좋을 때는 함께 웃었고,
비록 어려움이 와 한 사람이 흔들릴 때
상대방은 잡아 주는 역할을 하고,
그 반대여도 마찬가지인 시간을
지나왔을 것이다.

그런 사람은

잡아주고 버텨주는 주변의 좋은 사람 덕분에
어떤 어려움이 생겨도 전처럼 흔들리지 않고
그 시간을 보낼 수 있게 되며
경험하면 할수록 흔들림은 작아질 것이다.

마음이 기댈 곳이 있으며
생각이 단단하고
주변을 닮아 좋은 사람이 된다.

3

참으며 버티느라 지친 너에게

실수해도 괜찮다.
조금 돌아가도 나쁘지 않다.
당신이 무너지지만 않는다면
기회는 계속해서 온다.
그때 더 잘하면 된다. 정말 괜찮다.

슬럼프

강연이 끝나면 이런저런 질문을 받는데 그중 '슬럼프'에 대한 질문도 많다. 작가님은 슬럼프가 왔을 때 어떻게 이겨내시나요? 같은 질문인데 대답하기가 쉽지만은 않다. 작가 일을 하면서 슬럼프는 자주 찾아왔다. 글이 잘 써지지 않을 때나 책의 성적이 좋지 못할 때 그리고 '내가 잘하고 있는 건가' 하는 생각이 드는 경우들이 그렇다.

그렇다면 내가 힘든 날이 이어질 때 어떻게 대처했는지를 생각해 봤다. 첫 번째로는 그 생각을 계속하지 않으려고 했다. 가벼운 웃음이 있는 영상을 보거나 나를 응원하는 사람들을 떠올렸다. 두 번째는 자기 객관화에 노력했다. 사람의 능력은 모두 다르니 내가 잘할 수 있는 것을 찾았고 어떻게 하면 이 시기를 잘 해결할 수 있을까 생각했다. 과거에 '우울하다, 어렵다'라고 생각할수록 정말로 상황이 그렇게만 흘러갔던 경험이 있기에 나쁜 생각은 단절하고 조금이라도 나아질 수 있는 것에 집중했다.

슬럼프는 누구에게나 온다. 그런데 그 시간을 나의 발전을 위해서 쓰는가 아니면 상황을 탓하고 나를 미워하는 데 쓰는가의 차이가 있다. 어려운 시기의 시간을 효율적이고 현명하게 쓰면 당장은 표시가 안 나지만 잘되는 시기가 왔을 때 비로소 빛을 발하는 것 같다. 잘될 때는 그럴 시간이 없다. 잘되고 있는 것만 생각해도 벅차기 때문이다. 어려울 때 비로소 나를 돌아볼 수 있다. 그때 급하지 않게 결정하고 신중히 계획하며, 더 멀리 생각하자.

모든 걸 다 하려고 하거나
모든 사람을 만족시키려 하지 마.

너의 몸은 하나뿐이고
시간도 한정적이기에
그걸 다 해낼 수는 없어.

이제 힘 빼고
지치지 않을 만큼만
애쓰지 말고 살아가도 돼.

적당히

아무리 맛있는 것도 매일 먹으면 질린다.
아무리 멋진 곳도 매일 가면 식상하다.
그 어떤 대단한 사람도 매일 만나면 특별할 게 없다.

여행이 좋은 이유는 일상이 아니기 때문이다.
계획하고 기다리다가 드디어 만나는
특별한 이벤트이기 때문에 좋은 것이다.

그 어떤 대단한 것도
당신 곁에 계속 머무른다면
그건 더 이상 특별하지도
심지어 도움이 되지도 않는다.

당신이 앞으로 가야 할 길에 걱정이 많은 것을 알고 있다.

다양한 사람들에게 조언도 많이 얻어야 하고,

'과연 이게 옳은 방향일까' 하는 고민도 필요한 것도 안다.

그러나 당신에게 가장 중요한 이 생각들이,
'잘하고 있는 걸까', '잘 가고 있는 걸까'라는 마음들이,
쉴 틈 없이 계속 머릿속에 있다면
그건 결코 도움이 되지 않는다.
하루쯤은 쉬자.

조금 쉬고 여유를 갖고
정리하면서 하나씩 정해 가면 되는 것이다.
푹 쉬는 날이 많아야 오래, 멀리 갈 수 있다.

올바른 결정을 위한 생각이 아니라
그냥 습관처럼 계속하고 있는 것이라면
당신에게 전혀 도움이 되지 않는다.

가장 좋은 태도

1. 못 하는 건 거절하고,
2. 할 수 있는 건 최선을 다하며,
3. 하고 싶은 게 있다면 준비할 것.

더 넓게

살다 보면 오랜 생각이 필요한 일들이 너무도 많다. 점심 메뉴를 정하는 것처럼 간단한 일은 거의 없다. 물론 메뉴를 고르는 것도 쉬운 건 아니지만, 결정한 음식이 마음에 들지 않으면 저녁은 더 맛있는 걸 먹으면 되는 쉬운 해결책이 있기 때문에 비교적 간단한 일에 속한다. 인생은 선택의 연속이라고 하는데 지금 내가 선택을 하면 그 선택이 도미노의 첫 핀을 쓰러트리는 것처럼 앞으로의 모든 일을 결정지을 것만 같아서 더욱 신중해진다.

생각의 방법은 두 가지가 있다. 첫 번째는 넓게 하는 것, 그리고 깊게 하는 것이다. 보통 사람들은 깊게 고민을 한다. '깊게'라는 뜻은 '신중함'보다는 너무 먼

미래의 연쇄작용까지 생각이 이어져 버리는 걸 뜻한다. 지금 이 하나의 선택으로 몇 년 뒤의 내 모습까지 그려 버리는 것이다. 모든 일이 그렇게 쉽게 이어지지 않는다는 것을 알고 있으면서도 생각이 너무 깊어지다 보면 그런 오류가 발생한다. 물론 결정을 쉽게 쉽게 해서는 안 되지만 과하게 깊은 생각은 도움이 되지 않는다. 한 번 생각해 보자. 불과 석 달 전의 내 모습과 지금의 모습이 크게 다르지는 않다. 그때도 당신은 선택을 했었을 것이고 그때도 이 결정의 연쇄 작용을 멀리까지 봤을 것이지만 당신 인생의 큰 틀에서는 많이 벗어나지 않았을 것이다. 한 번의 선택은 그렇게 깊게 생각하지 않아도 될 만하다. 적당한 앞만 보는 것이 가장 좋다.

그럼 '넓게' 하는 생각은 어떨까? 여러 상황을 나열하고 생각하는 것이다. 앞만 보는 게 아니라 좌우로 폭넓게 상황을 보는 방법이다. 내가 어떤 선택을 했을 때 무엇을 얻을 수 있고 또 포기해야 하는지를 볼 수 있다. 다양한 가능성을 열어두고 새로운 방식과 과정에 겁을 내지 않는 것이다. 우리가 시야가 좁아지는 상황으로는 이런 상황이 있다. 체력적으로 힘들고 감정이 좋지 않을 때는 평소 이성적인 생각을 잘하던 사람도 시야가 좁아져서 바보 같은 선택을 하거나 후회할 일을 하게 되는 것과 같다. 고민할 게 너무 크다 보면 시야는 갇힌다. 오직 그것만 생각하다 보면 충분히 더 넓게 펼쳐서 볼 수 있는 일을 단면만 보게 된다. 그러다 보면 스스로에게 다양한 경우의 수를 주지 못한다. 오직 A 아니면 B라고만 생각하게 되고 결정은 점점 더 어려워지며 선택의 과정 역시 괴로워진다. 그렇기에 중요한 결정일수록 더더욱 여유를 두고 좌우를 넓게 봐야 하는 이유가 있는 것이다.

천천히 둘러보며 선택하자. 어떤 선택을 해도 크게 틀리거나 또 지나치게 큰 보상이 오지는 않는다. 대신 후회할 일을 줄여 나간다는 것이 가장 큰 보상일 것이다. 충분한 고민을 했다면 보통은 결과가 꽤 괜찮다. 그러니 선택을 했다면 자신을 믿어도 된다. 대신 넓게 보고 나서 결정하는 걸 잊지 않았으면 좋겠다.

너의 만족의 기준은
너 스스로가 돼야 해.

남에게 인정받으려고
아깝게 보낸 날들을 반복하지 말자.

하루를 보내고 나서
'오늘은 이 정도면 됐다' 라는
생각이 든다면 그걸로 충분한 거야.

왜 유독 당신에게만
복잡하고 어려운 일이 생기는지 모르겠다.

그래도 포기하려는 생각보다
어떻게든 해 보려는 노력과
그중에 긍정적인 면을 보려는
당신의 마음이 너무 예쁘다.

실수해도 괜찮다.
조금 돌아가도 나쁘지 않다.

당신이 무너지지만 않는다면

기회는 계속해서 온다.

그때 더 잘하면 된다.

정말 괜찮다.

오늘 이 말 들으셨나요?
'당신은 너무나 소중한 사람이고,
어떤 행복도 누릴 자격이 있다'라는 말.

하루

하루 만에 되는 건 아무것도 없습니다.

하루로는 습관도 만들 수 없고
사람과 깊은 관계도 만들 수 없고
운동을 해도 바로 티가 나지는 않아요.

그래서 우리는 조급해집니다.
빨리 결과를 보고 싶은데
오늘 하루 열심히 했다고 해도
실제로 티도 안 나거든요.

그래도 이 하루들은 정말 중요합니다.

지금부터 시작해서 시간이 쌓여간다면
평생의 습관도 만들 수 있고
좋은 사람과 깊은 관계도 만들 수 있고
운동을 통해 건강과 아름다움까지 얻을 수 있죠.

처음부터, 천천히, 조금씩
당신의 속도로 나아가면 됩니다.
급한 마음이 없어야 좋은 게 더 많이 쌓입니다.

냉정하게 말하면
다음 생은 없어.
그러니 지금부터 행복하자.
아직 안 늦었어.

움직이기

게을러지면 우울해진다. 또 우울할 때는 게을러진다. 우울함과 게으름은 뜻은 다르지만, 우리 몸의 반응은 비슷하다.

푹 쉬고 싶어서 집에만 있는 것보단 좋아하는 음악과 커피가 있는 카페에 잠깐 나갔다 오는 게 더 충전된다. 접이식 의자를 들고 가까운 곳에서 자연을 보며 바람을 쐬는 것도 집에만 있는 것보다는 도움이 된다. 이처럼 무조건 가만히 있는 것보다는 내가 좋아하는 것을 '하는' 것이 충전이 더 빠르다. 나도 그런 경험이 있다.

약속이 있을 때 20분만 일찍 도착하면 주변에 옷가게나 액세사리 가게를 둘러보기만 해도 재미있고 활기가 돈다. 나가기 너무너무 힘들겠지만 조금씩 움직여 보자. 더 나아가 취미를 만들면 더 좋다. 우리는 집에서 가만히 쉬는 게 휴식이라고 생각해 왔지만 그런 휴식보다 더 좋은 건 따로 있다. 심지어 체력적으로 힘들더라도 내가 가장 사랑하는 취미를 하며 보내는 시간이 가만히 쉬는 것보다 상위에 있는 휴식이며 마음 충전에도 도움이 되니까 말이다.

'움직인다'라는 말은 '에너지를 쓴다'와 같을지 모른다. 하지만 내가 '좋아하는 걸 한다'는 에너지를 쓰는 게 아니라 신기하게도 오히려 활기가 돌고 행복이 차오르는 활동이다. 행복이 가득 차면 체력도 마음도 든든해 지는 거고.

상황에 힘들어해도 되지만
스스로에게 실망할 필요는 없어.

상황이 좋지 않을 뿐이야.
넌 부족한 게 하나도 없는데
지금 힘든 시기일 뿐이야.

가치

어떤 것의 가치는 그것을 가장 잘 아는 사람이 정확하게 볼 수 있다. 보석의 가치는 보석 전문가가 가장 잘 알고, 몸이 불편하면 의사가 가장 잘 알듯이 말이다. 우리는 가끔 나를 잘 모르는 사람의 지나가는 말 한마디에 참 아파하곤 한다. 재는 저럴 것 같다는 평범한 한마디에도 화가 나고 하루종일 기분이 안 좋기도 한다.

나도 그럴 때가 있다. 몇 번 만나지도 않은 사람이 나에 대해 좋지 않은 말을 했다는 사실에 "뭘 안다고 그렇게 말하지."라는 생각이 오랫동안 가시질 않았다. 이런 경험을 좋아할 사람이 있을까. 누구나 그런 적이 있고 누구나 불편함을 느낀 적이 있었을 것이다.

위에도 언급했지만 어떤 것의 가치를 판명할 때 우리는 그걸 가장 잘 아는 사람에게 간다. 전문가라고 말할 수 있겠다. 당신의 가치를 누군가 궁금해한다면 가장 오랜 시간을 보냈고 많은 추억이 있는 가족이나 가까운 지인에게 물어보면 된다. 또는 스스로에게 물어봐도 된다.

나를 잘 알지도 못하는 사람들의 평가나 말에 전혀 휘둘릴 필요가 없다. 나의 가치를 알아보기엔 전문적 지식이 부족한 사람들이기 때문이다. 때로는 그들의 말이 아프게 꽂히기는 한다. "나를 잘 모르면서…." 라는 마음이 바닥에 깔려 있고 그 억울함 때문에 더 그런가 싶기도 하지만 그들의 말이 틀렸다는 건 확실하다.

당신의 진짜 가치를 아는 건 '전문가'들 뿐이니 지나가는 말을 너무 오래 기억하지 말자. 지나가는 말에 상처가 생겼다면 마음이 통하고 서로를 잘 아는 사람들과 마음 편안한 시간을 가지면 된다. 오늘 이런 일도 있었다며 안줏거리로 흘려보내면 그만이다. 당신을 아프게 하는 말은 가치가 하나도 없는 말이다.

용기를 가져.
감당할 수 없는 일이었다면
네게 닿지도 않았을 거야.

그런 시간

심심하다는 말과 생각을 줄여 나가세요.
심심하다고 계속 표현하는 건
지금 이 시간을 의미 없게 만들거나
남에게 의지하려는 마음이 크다는 뜻입니다.

'나를 재밌게 해 줘', '새로운 걸 보여 줘'
'이 순간을 벗어날 무언가를 원해'라는 뜻인데
심심하다고 생각하는 순간 정말 심심해지거든요.

지금 당신 주변에 타인이 없거나 그들이 만족을 못 시켜준다면 괜히 기분은 부정적인 쪽으로 흐르게 됩니다.

저는 평양냉면을 최근에야 먹었습니다.
세 번을 먹어야 진짜 맛을 안다는데
저는 두 번 먹어봤어요.
맛이 있다, 없다 평가하기보다
그냥 '평양냉면은 이런 거구나'라고 느꼈어요.

심심하다는 감정도 그런 것 같아요.
그냥 이대로 있으면 되는 건데
재미없고 심심하다고 생각해 버리면
이 시간이 정말 만족스럽지 않게 느껴집니다.

심심하다는 생각이 들기 전에 이렇게 한번 생각해 보세요.

'지금은 그냥 이런 시간이구나.'

'차분하고 일상적이며 무언가가 급하지 않은 시간이구나.'

여기서 조금 더 나아간다면
'여유가 있고 어떤 것을 하지 않아도 되는 선물 같은

시간이다'라는 마음가짐까지도 갈 수 있을 거예요.

매일 치열하고 바쁘게만 살았는데
심심한 시간이 주어지면 얼마나 좋은가요.
자극적이고 새로운 걸 하지 않아도 괜찮아요.

밀린 생각들을 정리하고
조용한 시간을 보내는 것 자체가 충전이고
짧지만 가장 좋은 휴식입니다.

미래에 대한 막연한 걱정 때문에
벌써부터 아파하고 불안해하지 말아.
우린 당장 오늘 저녁 메뉴도 모르잖아.

좋은 포기

포기하고 싶은 여러 이유가 있다.
하기 싫어서, 어려워서
그리고 함께하는 사람이 맞지 않을 수도 있다.

이런 상황이 온다고 해서
쉽게 쉽게 다 포기할 수는 없다.

때로는 이겨내거나 무시하거나
더 단단해지는 노력이 필요하다.

그런데 포기해야만 하는 순간도 있다.
그건 건강에 문제가 있을 때이다.

이건 포기를 고민해야 하는 상황이 아니다.
잠시 멈추거나 아예 그만해야 하는 비상 신호이다.

쉬는 날이거나, 편한 사람을 만나거나
충분히 행복할 만한 상황에도
계속해서 우울하고 몸이 아프고 악몽을 꾸는 등의
매일 괴로운 상황에 있다면 그땐 그만하자.

그 어떤 것도 몸이 망가지면서까지
해내야 할 일은 결코 없다.

아무나 잡고 얘기해 볼까 하다가
아무한테도 말하고 싶지 않다가
나도 내 마음을 모르겠는 요즘.

나를 사랑하는 일

세상에는 부탁할 수 없는 일들이 있어요.
그중 하나가 스스로를 사랑하는 일입니다.

어떤 일은 가만히 있어도 자연스럽게 해결되고,
때로는 누군가가 해결해 주기도 합니다.

하지만 스스로를 사랑하는 일은 그렇지 않아요.
이유를 만들어서라도
좋았던 시간을 떠올려서라도
어떤 방법이어도 좋으니 시작해야 합니다.

내가 나를 사랑해야

세상도 나를 사랑하고,

그때부터 모든 게 좋아집니다.

친절한 사람에게는
없는 것도 만들어서 주고 싶은데,
무례한 사람에게는
버릴 것도 주기 싫은 게 사람 마음.

당신이 못하는 게 많은 게 아니라
이미 너무 많은 것을 하고 있고
다 잘해야 된다고 생각해서 그래요.

그래서 그런 겁니다.
당신은 잘하는 게 훨씬 많은 사람이에요.
자신을 조금 더 믿어줘도 괜찮습니다.

기죽어 있지 마세요.
작아지지 마세요.
당신은 잘못한 게
하나도 없습니다.

나 자신도
이해가 안 갈 때가 있는데
남들을 어떻게 이해하겠니.

4

이제는 행복해질
너에게

끝도 없는 게 욕심이고,
그 욕심들이 우리를 지치게 만든다.
'이 정도면 됐다', '더할 나위 없이 좋다'라는
마음이 든다면 누구보다 행복한 것이다.
행복은 생각보다 가까이 있다.

거절에 대해서

누군가가 어떤 것을 제안할 때 그에 대한 반응은 보통 두 가지로 나뉜다.

첫째는 안 될 것 같은 건 거절하는 사람이다. 긴 시간 고민하지 않더라도 지금 내 성격이나 상황과 맞지 않는 일이라면 미안할지라도 정확하게 거절의 의사를 밝히는 사람이다.

두 번째는 일단 자신의 마음을 잘 모르겠고 상황이 바뀔 수도 있으니 생각해 보겠다고 하는 사람이다. 생각해 볼 시간도 필요하지만, 면전에 대고 거절하는 것이 가장 어려운 일이기에 일단 선택을 미루는 사람이다.

거절을 잘하는 사람의 경우는 '거절'을 했다는

이유로 상대방에게 서운함을 줄 수는 있지만, 그 감정의 길이가 오래가지는 않는다. 정확한 거절은 오해를 만들지 않기 때문이다. 거짓 없는 의견을 표현했고 상대방이 받아들일 시간만 준다면 그걸로 문제는 없다. 한마디로 뒤끝이 없다는 것이다. 하지만 두 번째의 경우는 수락도 거절도 아니기에 문제가 생긴다. 답변이 없으니 시간은 계속 간다. 제안을 한 사람의 입장에서는 기다리기도 해봤다가 물어보기도 해봤다가 답이 나오지 않으면 두 번 세 번 재차 물어야 하고 그때마저 제대로 된 의사 표현을 하지 않으면 거절도 하기 전에 서로의 마음은 상한다. 물어본 사람은 왜 저렇게 계속 마음을 정하지 못하는지에 대해서 그렇고, 거절이 힘든 사람은 거절도 아니고 수락도 아닌 애매한 상태를 계속 지속해야 해서 힘들다. 이런 시간이 이어지면 단칼에 거절해도 튼튼했을 사이가, 거절하지 않아도 금이 가게 된다. 시간이 갈수록 골은 깊어지고 서운함은 계속 커지게 되기 때문이다.

정말로 내 마음을 알 수 없어서 시간을 달라고 하는 것이 아니라 거절 자체가 어렵다면 조금은 연습해 볼 필요가 있다. 누군가의 제안 자체를 거절해서 틀어질 사이면 그렇게 끝내는 것이 차라리 나을 수도 있다. 당신을 이용하려는 사람일 수도 있기 때문이다. 그런데 그게 아니라 정말 오랜 시간 마음이 통하는 사이라면 순간 어색한 공기가 흐를 수는 있어도 최대한 기분 상하지 않게 거절하는 것이 서로에게 최선이다.

미안한 마음이 들면 내가 할 수 있는 다른 것으로 미안함을 갚아 주거나 위로를 해 주면 된다. 오히려 그 솔직함과 배려심 덕분에 더욱 사이가 돈독해지기도 한다. 거절이 미안하고 어려워서 계속 미루다 보면 골이 깊어진다. 그렇게 때론 소중한 사람을 잃기도 한다. 살다 보면 사람을 잃을 수도 있지만, 그 이유가 사소한 것이면 더더욱 안 된다.

당신의 사람과 당신의 마음을 지키기 위해서 거절도 최선의 방법으로 하면 좋겠다.

웃을 때 예쁜 얼굴을
우는 데 쓰지 말 것.

잘했다

당신이 한 어떤 일의 결과가
객관적으로 좋지 않아도 저는 '괜찮아'라고 말해 줄 것입니다.

당신의 인생이 어떻게 되든 상관이 없어서가 아닙니다.
당신은 자신의 일이 잘되지 않은 것을
누구보다 잘 알고 있고
충분히 반성하고 아파하고 있을 겁니다.
그런 상황인 사람에게 다시 한번 부족한 부분을
꼬집고 드러내서 더욱 흔들리게 해서는
안 되기 때문입니다.

주변 모두가 괜찮다고 말할지라도
당신의 마음은 당장 좋아지기 어렵습니다.
주변 모두가 괜찮다고 말할지라도
'나 정말 괜찮구나'라고 생각하기도 어렵습니다.

이렇게 힘든 상황에서도
당신께 계속 위로의 말을 건네는 건
무너지지 않을 최소한의 지지선이 되어 주는 일인 겁니다.

내가 아끼는 사람이니까.
지금의 일로 자신감을 잃어서는 안 되니까.
그래도 살아가야 하니까.

다시 한다면 정말로 잘할 수 있는 사람인 것을
누구보다 잘 알고 있으니까.

너 하고 싶은 거 다 하고 살아.
하루를 행복으로 가득 채우고
전처럼 많이 웃고 그러란 말야.
너 원래 잘 웃는 사람이잖아.

다시 일어나길

어려움을 겪고 있는 사람을 보면 어떤 도움이라도 주고 싶은 마음이 든다. 내가 좋아하는 사람이라면 더 그렇다. 하지만 상황 자체를 바꾸고 이겨내야 하는 것은 그 사람의 몫이라 더 안타까운 마음이 들 때가 있다. 조금이라도 힘을 낼 수 있게 좋은 말을 해 주고 맛있는 거 먹으러 가자고 말하기도 하고 그 사람이 좋아하는 꽃을 선물하는 노력 정도는 할 수는 있지만, 그 순간이 지나가면 다시 혼자 있는 시간이 찾아온다. 잠깐 괜찮다가 다시 원래대로 돌아가는 것이다.

그렇다고 해서 그 사람을 탓할 수는 없다. 상황 자체가 너무 힘들고, 어렵고 또 막막하다면 잠시 웃을 수 있을 뿐 다시 어두워지기까지 몇 분도 걸리지 않는다.

그럴 때 그저 기다려 주면 된다. 내 사람이 무너지고 싶어서 그러는 게 아니라는 걸 알고, 조금만 나아지면 전처럼 밝은 사람으로 돌아갈 수 있다는 걸 알고 있으니까 말이다.

내가 대신해 줄 수 없는 일, 본인이 이겨내야 하는 일 앞에서 몇 분 못 가는 행복일지라도 계속해서 만들어 주고 괜찮다고 말해 주고 항상 내가 옆에 있다는 것만 알려 주자. 고맙다고 말할 여유도 없는 사람에게 더할 나위 없는 힘이 될 테니까. 나중에 많이 괜찮아졌을 때 정말 너 없으면 이겨내지 못했을 거라는 말이 들려올 것이다.

긍정적인 마음은 습관이다.

희망은 어디에도 있고
또 어디에도 없다.
그저 마음의 차이일 뿐이다.

정의

얼마 전 강연에서 '행복의 정의가 무엇일까요?'라는 질문을 받았다. 어렵고도 추상적인 질문이었다. 잠시 당황했지만, 항상 생각하던 것이라 답을 시작했다.

나는 이렇게 말했다. 행복은 정의하기 어려운 것 같다고. 사람마다 살아온 과정과 가치관이 다르기 때문에 그렇다고 했다. 그런 행복을 굳이 내 기준에서 정의하자면 '더할 나위 없는 상태'인 것 같다고 말했다.

'가까운 곳에 바람을 쐬러 갔을 때 여기에 오기 참 잘했다는 생각이 드는 것.'

'좋은 사람들과 맛있는 걸 먹을 때 느껴지는 편안한 마음.'

'잠들기 전에 큰 걱정 없이 오늘은 참 잘 보냈다고 스스로 칭찬하는 것.'

이런 일들이 행복이라는 생각이 든다.

바라고 더 바란다면 끝도 없는 게 욕심이고, 그 욕심들이 충분히 잘하고 있는 우리를 지치게 만든다. '딱 이 정도면 됐다. 정말 더할 나위 없이 좋다'라는 마음이 든다면 누구보다 행복한 것이다.

행복은 생각보다 가까이 있다.

이제부터는
뭐 하고 놀지,
뭐 하고 쉴지,
뭐 하면서 행복할지,
이런 생각만 매일 하세요.

시작할 수 있는 일

자신감과 자존감의 차이는 이렇다.

자신감은 나의 능력이나 가진 것이 충분해서 그것을 기반으로 생기는 것이고, 자존감은 배경이나 현재 상황이 갖춰지지 않았더라도 아무 이유 없이 나를 사랑하는 마음이다.

자신감을 가지기 위해서는 어느 정도 물리적인 시간이 필요하다. 준비하고 노력해서 결과가 나와야 하며 그 결과가 스스로 만족스러워야 다른 어떤 것도 할 수 있다는 마음이 드는 것이다.

자존감을 채우는 건 지금부터 시작할 수 있다. '나'라는 존재는 선택하거나 바꿀 수 있는 게 아니다. 어떤 모습이고 어떤 환경이어도 '나'라는 존재는 변하지 않는다.

자신감을 쌓기 위한 수많은 일들을 잘 해내는 데 가장 중요한 것이 자존감이다. 이뤄내기에 넘치는 재능이 있다고 해도 자존감이 너무 낮아서 스스로를 깎아내린다면 내적으로나 외적으로 많은 것이 잘 풀리지 않게 된다. 서로 공존할 수밖에 없는 게 자신감과 자존감이다.

지금 어떤 상황일지라도 우리는 계속해서 많은 것들은 시작하고 이뤄나가게 될 것이다. 이유 없이 나를 사랑해 주자. 조건이 붙지 않는다. 조금씩 장점을 알아봐 주면 나중엔 나의 단점도 매력처럼 생각할 수 있게 된다. 자존감이 올라가면 당신이 하는 일들이 차근차근 결과를 낼 것이고 그땐 자신감도 자연스레 생기게 된다. 이렇게 마음속에 좋은 것들이 가득하면 말 한마디도 더 예쁘게 할 수 있는 여유가 생기고 주변 사람들과 사이도 좋아지게 되니 나의 인생 자체를 사랑할 힘이 생긴다.

지금부터 이유 없이 나를 아껴 주는 것을 시작으로 자존감을 만들어 나가고 그걸 통해 자신감이 생기면 노력하지 않아도 또다시 자존감은 올라갈 것이다.

그때가 되면 누가 시키지 않아도 자주 입 밖으로 행복하다는 말이 나오게 될 거고.

지나가는 바람에 흔들리지 말 것.
비춰주는 햇볕에 마음 껏 행복할 것.

잊지 말아야 할 세 가지

☑ 의심하지 말 것

☑ 자신감을 가질 것

☑ 스스로를 굳게 믿을 것

1. 의심하지 말 것

하루가 다르게 마음이 변합니다. 쉽게 얻어내고 싶은데 방해하는 것이 너무도 많습니다.

잠시 멈추어도 좋습니다. 그동안 다른 것을 해도 좋습니다. 괜찮아지면 다시 중심을 잡고 후회가 없을 때까지 노력해 보세요. 환경 때문에 지칠 수는 있어도 선택을 의심해서는 안 됩니다.

상황을 가장 정확히 알고, 생각을 자주 했으니까,

더디게 나아가더라도 충분한 고민이 들어갔다면 그 선택은 틀리지 않을 겁니다.

2. 자신감을 가질 것

몸과 마음이 지치는 날이 있습니다. 그럴 때는 쉬어가면 됩니다. 쉬는 것으로 회복을 하면 됩니다. 단순히 지친 것이지 그간의 노력이 사라지는 것은 아니니까요.

자신감이 생긴다는 건 과거보다 나아진 실력이 쌓였다는 것이고 어떠한 상황에서도 그 마음을 잃지 않고 살아간다면 당신의 눈빛과 행동과 마음가짐에서 다 묻어납니다.

굳이 드러내지 않아도 자연스럽게 다 보입니다. 그런 과정은 좋은 결과로만 이어지게 되고요.

3. 스스로를 굳게 믿을 것

마음의 안정을 찾는 일은 주변 사람들이 도움을 줄 수 있습니다. 하지만 보이지 않는 곳에서 노력하고 두렵지만 부딪혀가며 결국 해내야 하는 건 '나 자신'입니다.

나를 믿지 않으면 결국 바라는 것이 완성되지 않습니다. 마지막 한 발자국만 내디디면 되는 상황에서 마지막 걸음을 뻗는 건 당신의 일입니다.

나를 믿으세요.

스스로를 믿어 주면 그 믿음에 보답하는 결과가 닿을 겁니다.

불행이 비켜가면 좋겠다.
불안은 잊었으면 좋겠다.
걱정은 하나도 일어나지 않고
행복만 가득했으면 좋겠다.
이 모든 게 당신을 위한 말이다.

매 순간

왜 우리는 항상 '마지막'을 두려워할까.

마지막이 두려운 이유는
고마움과 미안함을 당장 표현하지 못했고
충분히 할 수 있는 것을 다하지 않았기 때문이다.

마지막인 것처럼 표현하고
마지막인 것처럼 최선의 노력을 쏟고
이처럼 순간순간에 모든 마음을 다하면
관계나 일 그리고 소중한 모든 것을
서로의 부족함 때문에 끝나는 일은 더더욱 없을 거고.

힘들 때 같이 있어 줄게.
해결할 수 없는 일이라고 할지라도
너 혼자 그 시간을
외롭게 견뎌내게 하기는 싫어서.

포인트

커피가 맛있어서 기분이 좋아지고

버스가 바로 와서 기분이 좋아지고

지나가는 친구에게 말 한마디가 와닿아서 기분이 좋아집니다.

지나가는 사소한 것들을 그냥 흘려보내지 마세요.

특별할 것 없는 오늘을 행복한 날로 바꿔 주는 것은

우리가 집중해 주는 '작은 것' 입니다.

넘기지 말고 찾아 주세요.

오늘도 기분 좋아질 포인트는 많습니다.

모든 일에 신경을 쓰지 마라.
그렇게 중요하지도 않은 것들을
다 챙기려고 들면, 쉽게 지쳐 버리고
정작 중요한 일을 할 힘이 남지 않는다.

방향

이 방향이 맞는지 아닌지에 대해서
너무 많이 생각하지 마세요.
당장은 누구도 알 수 없습니다.

더 중요한 것은 오늘에 집중했는가입니다.
오늘에 집중하지 않았다면
당장은 좋아 보이는 선택도
무의미한 것이 될 수 있고

매일 노력을 다했다면
남들은 다 아니라고 했던 길도
옳은 길이었다고 증명할 수 있게 됩니다.

맞고 틀린 방향은 처음부터 정해져 있는 게 아닙니다.

내 방향을 믿고 나아갔던 날들이 쌓이면

그 방향은 당신께 딱 맞는 방향으로 만들어지는 겁니다.

어디서든
어떻게든
반드시 행복하세요.

가자 가자

일이 많고 바쁜 와중에도
쉬는 날 가고 싶은 카페랑
식당들 열심히 캡처해 놓고

마음 맞는 내 사람에게
여기 괜찮지 않냐고
시간 맞으면 가 볼까 하고 연락하면

'우와 예쁘다 가자 가자'라는
답장이 오는 것, 참 행복이다.

'어떻게 살아가면 좋을까'에 대해
많이 생각해 봤어.
가장 좋은 건
힘들었던 기억은 거기에 두고,
좋았던 것만 꼼꼼히 가져가는 게 아닐까?

시간 주기

우리 모두가 너무나 보통인 사람인지라
자주 불안한 생각이 찾아오곤 해.

기분이 안 좋아지면서 걱정은 더 커지고 더 쉽게 지쳐 버리지.
그래도 우리가 할 수 있는 건 '불안해 죽겠다'라는 마음보다
'잘될 거니까 걱정 마'라는 생각이 더 커질 때까지 맛있는 걸 먹는 것,
그리고 지금보다 조금이라도
좋은 생각을 할 수 있는 여유를 만들어 보기 위해서
잔잔함이 있는 곳에서 느리게 산책하는 거야.

파도처럼 일렁이는 마음을 잠재우는 건
스스로에게 조금의 시간을 주는 것뿐이다.

당신 삶의 모든 순간에
평온한 시간이 더 많아지길 바라며

내 모습으로 사랑받아라.
사랑받는 사람들의 모습을
닮아가려고 노력하지 말고

너의 지금 모습 그대로
사랑받아야 그게 진짜니까.

보이지 않는 곳에서
애쓰고 있는 너에게

초판 1쇄 발행 2021년 12월 31일
초판 16쇄 발행 2024년 1월 17일

지은이 최대호
펴낸이 떠오름

기획 손힘찬
편집 권희중, 최창원
디자인 알음알음
마케팅 고경표, 이민지
영업관리 떠오름

펴낸곳 주식회사 떠오름
출판등록 제2021-000002호(2020년 4월 28일)
주소 서울특별시 서초구 강남대로 479, 비1층 122호
전화 070-4036-4586 팩스 02-6305-4923
홈페이지 www.risebook.co.kr
이메일 tteoreum9@nate.com

값 10,800원

ISBN 979-11-976467-7-5 03800